Tears of the Great Wall

만리장성의 울음소리

글·그림 **류리리**

中国秦朝初代皇帝秦始皇建国后不久为了防止外敌侵入开始修建长城。
但是因为劳力不足，一些年轻的男人们全部被强制性的拉去建长城了。
一些不愿和家人分开的男人们就开始躲避起来生活，还有逃亡的人也越来越多了。

중국 진나라의 초대 왕인 진시황이 나라를 세운 지 얼마 안 돼서
외적을 방어하기 위해 만리장성을 짓고 있었어요.
그러나 인력이 부족해
젊은 남성들은 모두 강제로 끌려가서 만리장성을 지어야 했어요.
그래서 가족과 헤어지기 싫은 남성들은 노역을 피해 숨어 살거나
도망가는 사람들도 많았어요.

传说在某个村子里有一个叫范喜良的年青人。
他有一个很爱的女子名叫孟姜女。
她貌美如花又聪明伶俐，村子里的人也都非常喜欢她。

한 마을에 범희량이라는 청년이 있었어요.
그에게는 사랑하는 '맹강녀'라는 여인이 있었답니다.
그녀는 마을에서 가장 아름답고 지혜롭기로 소문이 자자했어요.

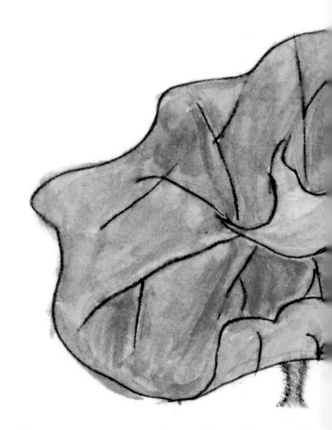

就这样两个人相爱了并且约定要悄悄地办个婚礼。

两个人也许下了爱的誓言，"我们不管以后遇到什么困难都绝对不要分开。"

终于到了两个人结婚的这天。

아무도 모르게 사랑을 키워가던 두 사람은
몰래 결혼식을 올리기로 약속했어요.
"앞으로 아무리 힘든 일이 우리 앞에 닥쳐와도
우리 절대 헤어지지 말아요."
드디어 두 사람의 결혼식 날이 되었어요.

突然不知从哪里冒出来的官兵把范喜良给抓走了。
范喜良安慰着孟姜女 "不要担心等着我,我一定会活着回来的。"

그런데 갑자기 어디서 병사들이 나타나
결혼식을 올리고 있던 신랑, 범희량을 끌고 갔어요.
"걱정하지 말고 기다려요. 꼭 살아 돌아오겠소"

自此孟姜女日夜思君每天以泪洗面。

可盼了一年又一年还是没有丈夫的任何消息。

转眼间又送走了一个夏天，大雪纷飞的冬季又即将来临。

孟姜女想着一定要连夜给丈夫赶制一件棉衣。

"穿着那么单薄的衣服天寒地冻的多冷啊，

我一定要快点送去这棉衣让丈夫可以抵御严寒。"

그날 이후 맹강녀는 남편이 보고 싶어서 매일 눈물로 밤을 지샜어요.
그러나 몇 년이 지나도 남편은 돌아오지 않고 소식조차 없었어요.
어느새 또 여름이 지나고 눈발이 날리는 겨울이 다가오고 있었어요.
맹강녀는 밤새도록 남편에게 입힐 겨울옷을 지어야겠다고 생각했답니다.
"얇은 옷을 입은 채 끌려갔으니 얼마나 추울까...
빨리 가서 내가 만든 이 따뜻한 옷을 남편에게 입혀 줘야겠어."

孟姜女一想着能见到丈夫，
尽管是路程遥远也还是兴奋地唱起了小曲。
走啊 走啊...
她不知劳累，风餐露宿，
昼夜不停的赶着路。
就这样一路上的饥渴与严寒她都挺了过来，
终于到达了长城脚下。

남편을 만나려면 천리가 넘는 먼 거리를 가야만 했지만
맹강녀는 남편을 만날 생각에 콧노래가 절로 나왔어요.
걷고 또 걷고...
밤낮을 가리지 않고 바람 불고 비가 와도 맹강녀는
멈추지 않고 계속 걸었어요.
그렇게 몇 달을 배고픔과 추위를 견뎌가며
드디어 만리장성에 도착했어요.

可是数以万计的民夫中她怎么也没找到自己的
丈夫范喜良。
‘我丈夫到底在哪儿呢?’
她见人就问有没有看到自己的丈夫,
可还是没有得到任何的消息。

그런데 아무리 찾아도 수많은 인부들 속에
남편 범희량의 모습은 보이지 않았어요.
'내 남편은 어디에 있을까?'
만나는 사람마다 남편의 소식을 물어보았지만 아무도 알지 못 했어요.

终于有一好心的民夫告诉她 "范喜良早就因熬不过饥饿而去世了。"

这样一个晴天霹雳的消息让孟姜女眼前一阵眩晕。

紧接着便是她和丈夫在一起的幸福时光历历在目晃如昨日。

她哽咽着："不是说好了要活着见面的吗...呜呜。"

想着自己千辛万苦的来到这里到头来连丈夫的尸骨都找不到。

孟姜女便向着长城悲痛欲绝的大哭了整整三天三夜。

그런데 드디어 한 인부가 나타나 남편의 소식을 알려 주었어요.

"범희량은 얼마 전에 배고픔을 견디지 못해 그만...

세상을 떠나고 말았다오."

청천벽력같은 소식을 들은 맹강녀는 눈앞이 캄캄했어요.

그리고 남편과 함께 지내던 행복한 순간들이 떠올랐어요.

"꼭 살아서 만나기로 약속했잖아요... 흑흑"

천신만고의 길을 뚫고 여기까지 왔는데...

추위에 떨고 있을 남편의 유골이 어디에 묻혔는지도 알 수 없었어요.

맹강녀는 애절하고 비통한 마음으로 삼일 밤낮을 울고 또 울었어요.

老天也被她对丈夫的爱感动了吗?
突然间长城开始崩塌了。
"哇啦啦~~~轰隆轰隆!!"的一阵巨响。

그런데 남편을 사랑하는 그녀의 마음에 하늘이 감동한 걸까요?
갑자기 만리장성이 무너지기 시작했어요.
"와르르르르~~~ 쿠웅~쿵쿵!!"

就在崩倒的长城根下她发现了丈夫的尸骨。
再也哭不出来的孟姜女就那样呆呆地抱着丈夫坐着。

성벽이 무너지자 그 아래에서 남편의 유골이 나타났어요.
눈물조차 매말라 버린 맹강녀는 남편의 유골을 안고
멍하니 앉아있기만 했어요.

长城倾倒的消息传到了秦始皇那里。
他勃然大怒道："到底是谁这么胆大？"
亲自来抓孟姜女的秦始皇一见她生的貌美，
便说："和我一起回宫吧？"
孟姜女没有做答。
秦始皇更是猖狂地说：
"只要你肯跟我回去不管你提什么要求我都答应。"
孟姜女说："金山银山我都不要，只要你答应我三个条件我就跟你走。"
秦始皇一听，"别说是三个了就是三十个我也都如了你的愿。"

만리장성이 무너졌다는 소식은 진시황에게까지 전해졌어요.
"누가 감히 만리정성을 무너지게 했단 말이냐?"
무너진 만리장성으로 당장 달려온 진시황은 맹강녀를 본 순간
그녀의 아름다움에 첫눈에 반했어요.
"나와 함께 궁에 가지 않겠느냐?"
그 말을 들은 맹강녀는 아무 대답도 하지 않았어요.
그러자 진시황은 그녀가 좋아할 만한 제안을 했어요.
"나를 따르게 된다면 네가 어떤 요구를 해도 다 들어주마"
맹강녀는
"금화도 은화도 나는 원하지 않습니다. 오로지 세 가지 일을 이루게 해준
다면 당신을 순순히 따르겠습니다." 라고 말했어요.
그 말을 들은 진시황은 기뻐하며
"어디 세 가지뿐이겠느냐? 서른 가지의 소원도 네가 원한다면 다 들어주마"

孟姜女开始诉说她的愿望。

"头一件，得给我丈夫立碑，修坟，用檀木棺材装殓。"

"这第二件，要你给我丈夫批麻戴孝送葬。"

秦始皇一想，"我堂堂一个统一六国的皇帝岂能给一个小平民送葬啊！这件不行，

你说第三件吧。"

第二件不行，就没有第三件！孟姜女话落正准备离开。

不知所措的秦始皇心想："眼看着到嘴的肥肉怎可错过，看谁敢耻笑我。"

想到这他便答应了孟姜女的第二个条件。

"快说第三件吧。"

"第三件，我要逛三天大海。"

秦始皇说："这个容易！好，这三件都依你。"

不几日，万事具备秦始皇便披着麻，戴着孝，紧跟在灵车后，真当了孝子了。

맹가녀는 진시황에게 세 가지 소원을 말했어요.
"첫 번째는 내 남편의 시신을 박달나무로 만든 관에 넣어 무덤을 만들고
그 자리에 비석을 세워주세요."
"두 번째, 당신이 상주가 되어 남편의 장례식을 거창하게 치러주세요."
잠시 생각에 잠긴 진시황은
"여섯 나라를 통일한 황제인 내가 어찌 평민을 위해 장례를 치르겠느냐?"
라며 우선 세 번째 조건까지 말해 보라고 명령했어요.
맹강녀는 두 번째의 소원을 들어주시지 않는다면
더이상 말하지 않겠다며 그 자리를 떠나려고 했어요.
당황한 진시황은
'거의 내 여자가 다 되었는데 여기서 놓칠 수 없지,
누가 감히 나를 비웃겠느냐'라고 생각하고 두 번째 소원도 들어주기로 했어요.
"어서 남은 것도 말하라."
"세 번째는 3일 동안 바다 구경을 하게 해주세요."
"이것은 쉽구나, 세 가지 모두 다 네 뜻대로 되게 해주마."
모든 것이 준비되자 진시황은 상복을 입고 영구차 바로 뒤에 따라오며
약속한 대로 상주 노릇을 했어요.

赶到发完了丧，孟姜女跟秦始皇说："咱们游海去吧，游完好成亲。"

秦始皇一听可是乐坏了。

在海上孟姜女死盯着秦始皇下定决心的说到。

"都是因为你那么多的人家没了儿子，没了丈夫，也没了父亲，

直到现在还承受着别离之苦。他们每日只能以泪洗面，这都是拜你所赐。

还指望着我和你在一起做梦去吧。"

说完孟姜女便纵身跳了海！

장례식을 마치자 맹강녀는
"이제 바다 구경을 다녀오면 바로 결혼식을 올리겠습니다"라고 말했어요.
진시황은 얼마나 좋은지 입이 귀에 걸렸어요.
배를 타고 바다에 이르자 맹강녀는 진시황을 뚫어지게 바라보며
결심한 듯 이야기했어요.
"당신 때문에 수많은 사람들이 아들과 남편, 아버지를 잃어버렸어요.
지금 이 순간에도 고통 속에서 빠져나오지 못하고 있어요.
그렇게 수많은 사람들을 눈물짓게 한 당신과
어찌 같이 살 수 있겠습니까."
말이 끝나자마자 맹강녀는 바다로 몸을 던졌습니다.

这一幕被众人看在眼里却只能默默的流着泪。

从此以后孟姜女和范喜良的爱情故事就被传了开来。

这个有关孟姜女哭倒长城的故事直到今天依旧广泛流传着，

不仅如此它还成为了中国民间最有名的四大爱情故事之一。

그 모습을 지켜본 많은 사람들은 눈물을 흘리며
맹강녀의 이야기를 전하기 시작했습니다.
오늘날까지도 만리장성에 얽힌 '맹강녀 이야기'는
중국 민간에서 전해지는
가장 유명한 네 가지 이야기 중 하나로
손꼽히고 있습니다.

Tears of
the Great Wall

Qin Shi Huang, the first king of the Qin Dynasty of China, attempted to build the Great Wall of China to protect the country from foreign enemies, not long after he founded it.

However, as there were not enough workers to build the wall, every young man was conscripted to make up for it.

That resulted in many men hiding or running away from the conscription, so they could stay with their family that way.

There live a man named Wan Xiliang.

And he was in love with a lady named Meng Jiangnu.

She was renowned for her beauty and wisdom.

Secretly growing love, the two lovers decided to hold a wedding without noticing anyone else.

"Whatever hardship happens, let's stay together."

Then came the day of their wedding.

Suddenly, however, soldiers kicked in out of nowhere to take away the groom, Wan Xiliang.

"Don't worry and just wait. I'll be back alive."

After that day, Meng Jiangnu stayed up every night crying, missing her husband.

But he never came back without any news, during many years after.

Another summer went by, and cold winter was coming.

Meng Jiangnu was awake all night, thinking about winter clothes for her husband to wear.

"Taken away wearing thin clothes, how cold he must be... I should hurry and go put this warm clothes on him."

Despite the long distance she had to travel to see her husband, Meng Jiangnu couldn't help but hum, thinking about seeing him.

So Meng Jiangnu walked on and on...

She walked on and on day and night, through the wind and the rain.

Weathering the hunger and the cold for months, she finally made it to the wall. But she could never find Wan Xiliang, her husband, among so many workers.

'Where on earth is my husband?'

She asked every man she met about her husband, in vain.

Then one worker finally came up to tell his story.

"Wan Xiliang, starved to death, passed away not long ago..."

Hearing that, as if hit by a bolt from the blue, Meng Jiangnu went blank.

Soon, happy moments that she passed with her husband came across her mind.

"You promised that we meet again alive..."

Although she made it through so many hardships on the way, she couldn't even figure out where his remains were buried.

Meng Jiangnu cried for 3 days and nights, heartbroken.

But could it be that the sky was moved by her loving heart?

The wall started to collapse all of a sudden. "BUMP BUMP...WHAM!!"

Then appeared her husband's remains, under the collapsed wall.

Having no more tears to cry, Meng Jiangnu sat blankly, holding the remains.

The collapse was known as far as to Qin Shi Huang.

"Who on earth dared to destroy the wall?"

Qin Shi Huang came to check the wall right away, but instead, he fell for beautiful Meng Jiangnu the moment he saw her.

"Won't you come with me to the palace?"

Meng Jiangnu, ignoring him, didn't reply.

So Qin Shi Huang suggested an offer that he thought she might like.

"If you follow me, then I will do anything you ask for"

Meng Jiangnu said: "I don't want any gold nor silver. I will follow you provided that you make 3 wishes come true."

Hearing that, Qin Shi Huang was elated.

"3 wishes are no big deal. I would accept 30 of them if you want me to."

Meng Jiangnu told Qin Shi Huang her 3 wishes.

"The first is to put my husband's ruins in a coffin made of birch, and bury it in a grave to erect a tombstone before it.

"The second is that you become the chief mourner and hold a big funeral for my husband."

Contemplating, Qin Shi Huang said, "How am I - an emperor who himself unified 6 countries - supposed to hold funeral for a commoner?", and asked for the 3rd wish to be declared in advance.

Meng Jiangnu stayed firm and declared to leave, unless he accepts the 2nd wish.

Qin Shi Huang, perplexed, thought to himself: 'I cannot lose her at this very last moment. Just think about how everyone would make fun of me!' So he accepted the 2nd wish.

"Go and tell about the last wish"

"The third is that you allow me to watch the sea for 3 days long."

"That one is easy. I let all your 3 wishes come true."

When everything was ready, Qin Shi Huang did the chief mourner as promised, following the hearse with his mourning on.

After the funeral, Meng Jiangnu said: "Now we shall marry, right after I come back from the sea."

Qin Shi Huang was elated, smiling ear to ear.

When arrived at the sea riding a boat, Meng Jiangnu said to Qin Shi Huang, resolved.

"Many people lost their very son, husband and father because of you. Even at this moment, they fail to escape from the pain. How am I to live with you, you who made so many people cry their tears?"

Right after her words, Meng Jiangnu threw herself to the sea.

Many people watching the scene, cried tears and started to spread her story.

Until today, 'The Story of Meng Jiangnu' related to the Great Wall of China, is considered as one of China's Four Great Folktales.

China

중국

- 위치: 아시아 동부
- 수도: 베이징
- 언어: 중국어
- 종교: 불교, 도교, 천주교, 이슬람교, 기독교
- 정치, 의회 형태: 인민공화국(입헌공화제),
　　　　　　　　인민대표대회제도(일원제)

중국의 정식명칭은 중화인민공화국(中華人民共和國, The People's Republic of China)으로 유라시아 대륙의 동남부에 위치하며 세계 최대의 인구와 광대한 국토를 가진 나라입니다. 국토는 남북 5500㎞, 동서로 우수리강(江)과 헤이룽강의 합류점에서부터 파미르 고원까지 5200㎞에 달하고 면적은 러시아·캐나다·미국에 이어 세계 제4위이며, 중국의 황하문명은 세계 4대 문명 중 하나입니다. '중국' 또는 '중화'라는 나라 이름의 중(中)은 중심, 화(華)는 문화라는 뜻으로 세계의 중심 또는 문화의 중심이라는 뜻입니다.

수도는 베이징[北京, Beijing]으로 중국 정치·경제·사회·문화의 중심지이고 중국어를 공용어로 사용하고 있으며 화폐 단위는 위안(元)입니다. 중국 인구는 대부분 한족(漢族)이고, 몽골[蒙古]·회(回)·장(藏)·묘(苗)·조선족(朝鮮族) 등 55개의 소수민족으로 구성되어 있고 이들 소수민족은 전체 인구의 약 7%에 불과하지만 이들이 분포되어 있는 지역의 면적은 전체 면적의 약 50~60%로 대부분 변경지역입니다.